KB071011

청어詩人選 434

해맑은 당신 사랑

비추라 김득수 시집

청어

해맑은 당신 사랑

김득수 지음

발행처　도서출판 **청어**

발행인　이영철

영업　이동호

홍보　천성래

기획　남기환

편집　이설빈

디자인　이수빈 | 김영은

제작이사　공병한

인쇄　두리터

등록　1999년 5월 3일
　　　(제321-3210000251001999000063호)

1판 1쇄 발행　2024년 3월 25일

주소　서울특별시 서초구 남부순환로 364길 8-15 동일빌딩 2층

대표전화　02-586-0477

팩시밀리　0303-0942-0478

홈페이지　www.chungeobook.com

E-mail　ppi20@hanmail.net

ISBN　979-11-6855-236-4 (03810)

본 시집의 구성 및 맞춤법, 띄어쓰기는 작가의 의도에 따랐습니다.

해맑은 당신 사랑

비추라 김득수 시집

시인의 말

그동안 깊은 잠을 잤나 봅니다
잠시 꿈을 꾼 것 같은데 정신을 차리고 보니
세상은 많이 변했고 난 나이가 들어
황혼을 바라봅니다

내 인생에서 해야 할 일은 많은데
삶의 일터를 떠나게 되었으므로 그 모든 것
내려놓을 때가 된 것 같습니다
마음은 아직 꿈 많은 소년과 같은데
거울 앞에선 모습은 어딘가 모르게 서글퍼 보이고
낯설어 보이기만 합니다

그동안 난 내출혈로 고생해왔습니다
그렇지만 지난날 나 못 쓴 산문시는
눈 감는 날까지 다 쓰도록 하겠습니다

차례

제2부   하얀 천사 나이팅게일

제3부 귀여운 내 사랑아

제4부 사랑은 기차를 타고

제5부 천국 가는 길목까지

제1부

꽃처럼
아름다운 당신

설령 들녘에 작은 야생화라
할지라도 그 자태는 말할 수 없이 아름답다

이처럼 세상엔
고운 꽃들이 많고 많지만 그러나 꽃처럼
아름다운 것이 또 있다

가진 것 없어도 행복한 세상

땅 한 평이 없다고
서운해야 할 이유는 없습니다
내가 가는 길이 내 땅이고 나의 세상이라
생각하면 되니까요

내 집이 오막살이면 어떻고
초라하면 어떻습니까
행복하다면 궁전보다 편하고 세상이 모두
내 뜰처럼 보이는데요

돈 없어 기죽을 필요는 없습니다
한 달란트에 행복한 세상 조금 아껴 쓰고
노력하며 열심히 사는데 부러울 게 있을까요

가진 것은 없어도 행복한 세상
하루의 삶을 감사하며 기쁘게 살다 보면
천국이 따로 없고 인생은 즐겁습니다

하나가 되어 보자

우린 오직 사랑이라
있는 자 없는 자 하나 되어 사랑해 보자
비록 내놓을 게 없다 해도 우리 모두 형제와 같이
함께할 인연이기에 사랑으로 서로를 껴안아 보자

우리가 마주하며 살아갈 이유가 있다면
이 땅에 소외되고 상처받은 영혼을 껴안으며 사랑해
주는 것이기에 세상 권위 있는 귀족 같은 신분일랑
모두 내려놓고 서로를 섬기는 자가 되는 것이라

부족하고 가진 것 없다고
친구를 차별하고 가진 자끼리만 어울린다면
사랑의 공동체는 머지않아 무너질 것이기에
서로 기도해 주고 따뜻한 마음을
나누며 행복한 세상을 만들어 가자

진정한 사랑은 좋아하는 자만을 사랑하지 않는다
날 미워하는 자도 사랑하고 모두를 껴안는다
그런 사람이 훗날 쓰임을 받고 축복받는다

꽃처럼 아름다운 당신

꽃들은 하나같이
고운 모습을 간직하고 그 향은 얼마나
향기로운지 모른다

설령 들녘에 작은 야생화라
할지라도 그 자태는 말할 수 없이 아름답다

이처럼 세상엔
고운 꽃들이 많고 많지만 그러나 꽃처럼
아름다운 것이 또 있다

신이 만든 우리 인간의 마음속에도
꽃처럼 아름답고 그 향은 제각기 곱다

세상에서 단 하나뿐인
당신의 아름다운 마음을 보너
이야기해 본다

사랑하고 사랑받자

사랑이란 보낼수록 부메랑처럼
다시 돌아오는 것 사랑하고 사랑받자

남을 비방하고 미워하는 것은
내 치부(恥部)를 드러내 놓고 허물을 보이는 것이라
용서는 사랑이오 그 사랑에 나 자신이
평안할 것이라

평소에 사랑으로 다져진 자는
오해에 휘말려도 그 사랑이 나를 권면하고
풀리지 않는 오해는 오래가지 않을 것이다

빗발치는 비난이 화살처럼 쏟아져도
자신이 낮아지고 상대를 이해하며 사랑함에
그 화살은 비껴간다

나의 방패와 화살은 사랑이라
사랑은 좋아하는 이보다 미워하는 자를 사랑해
주는 것이기에 사랑한 만큼 그가 나를 지켜
사랑해 줄 것이다

끝없는 사랑은 자신마저 잃는다

세상 부모와 자식 간에
사랑보다 따뜻하고 가까울 게 있을까
모유를 물리는 어머니 사랑처럼

그러나 젖을 뗄 때가 되면 떼야 하고
성인이 되면 자립심을 길러 독립시켜야 한다

부모와 자식 간에도 맺고 끊어야 하는 것이
있었기에 품 안에 애처럼 평생 키울 순 없다

귀여운 자식 감싸주기에는 자칫 잘못하면
버릇없는 철부지로 노후까지 마음고생하게 된다

이젠 부모를 돌보아야 할 때인데
야윈 부모를 끝까지 붙들고 젖을 빠는 것처럼
부모의 노움을 받는 것이
예를 들 수 있다

자신도 믿지 마소서

그대이시어 하늘을 바라보소서
세상에서 가장 사랑하는 사람도 믿지 마소서
두 손 잡아 주던 사람도 언젠간
상처만 남기고 떠날 테니까

자신도 믿지 마소서
나를 속이고 자신을 아프게 만드는 자가
바로 나였기에 믿지 마소서
믿던 자신도 나를 지키지 못하고 바른길로
인도하지 못할 때가 잦습니다

그대여 힘든 삶을 슬퍼하거나 아파하지도 마소서
세상 것을 바라보는 것은 나의 영혼과
육신을 상하게 합니다

의지할 곳 없는 세상 영원히 변치 않는 주님의
거듭난 사랑을 바라보소서

고부간의 사랑

예로부터 며느리와 시어머니처럼
힘든 고부간의 갈등도 없었을 것이다

그러나 고부간에도 서로 하기 나름이기에
자신과 같이 사랑할 수 있음이 고부간에 사이가
편안하고 행복할 수 있다

신부가 시집을 가면
시댁 예절을 따라야 하는 것처럼
예전의 친정에서 버릇없던 행동은 금해
바른 예절을 갖추어야 한다

시어머니를 내 어머니처럼
모시다 보면 언젠간 시어머니는 친정어머니처럼
느껴지고 그 사랑은 따뜻하게
돌아올 것이다

또한 위엄을 갖춘 시어머님은
모든 것을 비교하기보다는 부족한 며느리를
내 자식처럼 사랑하다 보면 친자식보다 낫고
그 어느 자식보다 예뻐 보일 것이다

예전의 시어머니를 모시며
모진 구박에 옷깃을 적신 만큼 쓰라린 기억을
다신 대물림해서는 안 된다

요즘 시대가 시대인 만큼
나 자신이 서운해도 자식들을 자유롭게 바라볼
수 있는 것이 아름답기에 옛 시집살이 풍습은
이젠 사랑으로 바꿀 때이다

* 주말 드라마 한 편을 보며

과실나무처럼 열매 맺는 삶

과실나무가 탐스러운 열매를
맺기 위해선 기름진 토양에 적당한 수분과 빛이
있어야 과실나무는 잘 자랄 수 있다

또한 자연의 섭리에 따라
활짝 핀 꽃에 벌 나비가 찾아들고
개똥이처럼 반가운 친구를 만나야
좋은 밑거름으로 싱싱한
열매를 맺는다

그러나 과실나무는
세찬 비바람을 이겨내야 하고 지겹도록 달라붙는
진딧물과 싸워야 하며 사막처럼 메마른 땅에서도
스스로 물을 찾아 깊은 뿌리를 내릴 수
있어야 살아남는다

이렇듯 인간도
고운 결실을 보기 위해선 수많은 시련과 고난을
통하여 삶이 튼튼하게 다져야 한다
과실나무처럼 언젠간 탐스러운 열매 맺을 수 있는
삶이 찾아오길 바란다

나눌 수 있는 마음이 아름답다

서로 나눌 수 있는 마음이 참 아름답습니다
한잔의 커피와 잔잔한 미소가 오가는 마음이
아름답듯이 마음을 나누십시오

우리의 문화는 품앗이 문화인 것처럼
보낸 만큼 찾아오고 나눔의 고운 마음은 언제나
돋보입니다

지나친 경쟁과 욕심은 많은 것을 잃고
삶의 끝부분이 다가와도 그때를 알지 못합니다

나를 위한 인생은 존경받을 수 없어서
천국의 길은 멀기만 하고 마지막 가는 묘지엔
그 누구도 찾지 않을 것입니다

마음을 나누어 보십시오
아름다운 삶이란 당신의 따뜻한 마음에서
시작하고 또한 축복도 그러하리라 믿습니다

차별 말고 사랑해 주어라

세상 누구를 사랑하든
어린 영혼들을 더 사랑해 주고 마음을 가져주라

손자 손녀라고 차별 말고 이웃집 아이도
모두 사랑해라 아무리 어린 영유아라도
자기 인격과 생각이 있어 자기를 좋아하고
미워하는지 기억했다가 나중에 오라 해도
눈치를 보고 가지 않는다

그리고 어린아이 앞에서 행동 또한
조심해라 어린아이는 남하는 대로 모두 보고 배운다
우리 때와는 달리 요즘 아이들은 얼마나 영악한지
아직 입도 안 뗀 아이 같아도 돌만 지나면 벌써
스마트폰 들고 자기 보고 싶은 영상 찾아보기 바쁘다

영유아라 말을 알아듣는지 못하는 것 같아도
어린이집에 다녀와 텔레비전을 보며 무언가 가리키고
옹알거리는 걸 보면 뇌에 발달 진행이 얼마나
빠른지 모른다

자식이든 손주이든 사랑과 기도로 잘 양육하라
아이는 커서 효도하고 처음 부모가
아기를 받아줄 때처럼 나중 눈을 감을 땐
그 아이가 무덤가에서 마지막까지
울어줄 것이다

사랑해야 합니다

서로 하나가 되어 사랑한다 해도
부족한 세상인데 사소한 일로 어제의 가장 친한
친구를 오늘의 적처럼 미워하며 지내셔야 하겠습니까

원수도 사랑의 대상이라 했고
이웃을 사랑하라 했는데 친구를 미워할 순 없습니다
친구를 사랑하는 것은 자신을 사랑하는 것과 같고
친구를 미워하는 것은 못난 나를
더욱 미워하는 것입니다

끝까지 마음을 열지 못하는 것은
원수끼리 줄다리기를 하며 악에 내 영혼이
끌려가는 것과 같기에 그 영혼은 무척 힘이 듭니다
사랑은 아름다운 것이라 했습니다

이젠 무거운 마음을 내려놓고 옛 친구의 우정을
생각하며 친구에게 다정히 손을 내밀어 보십시오

그리고 사랑한다고 미안했다고
미소와 함께 마음을 활짝 열어 보십시오
아름다운 세상은 당신의 선택에 있습니다

그대는 안녕하십니까

스트레스받으면 받을수록
영은 죽어가고 육신까지 질병으로 다가온다

그러나 스트레스를 얼른 풀어헤치고
긍정적인 생활로 이어진다면 스트레스는 멀어지고
삶을 살아가는 지혜까지 얻을 수 있다

아무리 짜증스럽게 다가오는
스트레스라도 마음먹기 달렸기에 기쁨으로 받아
돌리며 즐거운 마음을 유지 시킬 수 있음이
스트레스를 해소하는 것이다

그렇듯 자신은 내가 지킬 수밖에 없기에
삶에 좋지 않은 것은 될 수 있으면 빨리 잊어야 한다
매사에 역정을 내거나 화가 깊으면 깊을수록
병은 하나씩 더 늘어난다

스트레스를 푸는 방법은 길게 말할 것 없다
지겹게 다가오는 스트레스를 기쁨으로 승화시켜
즐겁게 사는 게 매우 좋다

사랑으로 껴안자

사사건건 이유 없이
날 괴롭히며 마음을 상하게 하는 친구가
있다면 사랑이 부족할 수도 있다

갓난아이가 무엇인가
부족한 게 있어 울어대는 것처럼 갈급하게
보채는 그 친구를 위해 사랑을
베풀어 주자

조금이라도 그와 인연의 끈이
닿지 않았던들 지겹도록 따라다니며 해하려
하진 않았을 것이다

목말라 간구하는 사랑
너무 노엽지 않게 애달픈 그의 영혼을 위해
기도하며 사랑으로 껴안아 주자

섬김은 사랑이라

내줄 것은 내주고
서로 나누어야 할 것은 나누어라
지나친 욕심은 나의 존엄성과 내게 소중한 것을
잃을까 하노라

생각대로 남을 해치고
소유하려는 것은 얻는 만큼이나 잃는 것도
많아질 것이요
마음 또한 좁아
그 그릇은 간장 종기처럼
작아지리라

그러나 나눔과
섬김은 아름다운 사랑이요
베풀고자 했던 그 마음은 바다처럼 넓어
내게 얻는 것은 더 많을
것이라

예리한 그녀

그녀는 미모가 뛰어나
남보다 아름답다 하나 톡 쏘아 버리는
마음의 가시가 있어 곁에만 가면 누구나 여지없이
상처받기 마련이다

멀리서 바라보면 더욱 사랑스럽고
아름다울 그이지만 같은 팀에 있으니 어쩔 수 없이
날카로운 눈빛을 보지 않으면 안 될 삶 속에
가장 가까이 와 있는 그녀이다

그녀와 난 업무상 만나기만 하면
언성이 높아져 싸움 아닌 싸움이 시작되는데
멀리 피해버리고 싶어도 먹고 사는 게 무엇인지
커피잔을 들고 미소를 잃지 않고
불편한 마음을 감추기도 한다

그녀에겐 주어진 권세가 있어
사람을 꼭 붙잡고 모든 것을 자신에게 맞추려고
하지만 자존심까지 내려놓고 그녀와 마음을 맞추기란
얼마나 힘이 드는지 그래도 난 미소를
끝까지 잃지 않는다

인생은 일흔부터라

시작이 있으면 끝이 있다지만
들쑥날쑥한 우리 인생은 허무하기 짝이 없습니다

갑작스럽게 눈을 감아버린 형제를 볼 땐
허락하신 삶이 너무 짧아 아직도 보냈다는 생각은
전혀 안 드는데 주님은 그리 빨리 데리고 가시는지
그저 주님만 바라볼 뿐입니다

주님은 생명의 잣대는 어디에 맞추고 계시는지
아픔 없는 형제의 그 잣대는 가슴 아프기만 합니다

연세 높은 권사님들이 늘 부르던 노래는
우리들의 인생은 일흔 살부터라 팔십에 부르셔도
아직 빠르고 아흔에도 재촉하지 말라 했는데 형제를
오십에 부르셨으니 어떻게 되신 것인지

주님께선 형제를 너무 사랑하셔서
급히 부르셨지만 권사님들이 노랫말처럼
앞으론 우릴 빨리 부르지 마시고 건강한 모습으로
소망하는 삶을 살게 해주셨으면 좋겠습니다

* 故 이한범 집사님 영전에서

믿음이 가는 친구가 되어 주세요

그댄 언제나 미소 짓고
성품이 아름답게 보여도 돌이키면 비밀스러운
데가 많아 마주하기가 좀 부담스럽고
거리를 두게 됩니다

그대의 계산적인 속셈이
우리를 가끔 당혹하게 해 그대를 끝까지 믿고
따라가도 좋을는지 나 잘난 모습보단 서로 마음을
활짝 터놓고 지냈으면 합니다

같은 부서에 그대와 합심하여
일을 행할 때 믿음직한 말만 하고 세상 모든 것을
내어 줄 듯 권세가 있어 보여도 정작 어려운 일이
닥칠 땐 본인은 살짝 빠져 버리니 결국 엉뚱한
이가 다칠 수밖에 없습니다

우린 새해부터 한 팀이 되었으니
진실한 마음으로 서로 신뢰할 수 있는 좋은
친구가 되었으면 정말 좋겠습니다

용서는 사랑이라 했다

어쩌다 친구와 다퉈 원수 같은 사이가 되었다고
끝까지 미워하지 마라 끝없는 화는 두 사람의 가슴에
못을 박고 결국 영육 간에 건강까지 해친다

사후야 어쨌든 마음을 풀어 사랑으로 끝을 내라
분을 참지 못해 모든 친구에게 그를 비방할수록
그 화살은 나에게도 찾아와 독이 될 수 있다

그리고 중간에서 사이좋게
화해시키려는 다른 친구들까지 원수로 만들지 마라
오랫동안 분을 내며 감정이 얽히고설키다 보면
주변 친구들 우정까지 금이 간다

또한 친구가 미안하다고
가까이 다가와 손을 내미는데 용서하지 않음은
친구를 미워한 만큼 나 자신도 예쁠 것 하나 없다

예부터 용서는 사랑이라 했다
나 자신을 사랑한 만큼 그를 사랑한다면 언젠가
그 친구도 세상에서 가장 절친한 친구로
돌아올 것이다

사랑이 자신과 가정을 지킨다

처음 남녀가 만나
신혼까지는 깨가 쏟아지도록 좋았다가도
세월이 흐르다 보면 험난한 삶은 행복한 가정을
짓밟아 버리고 곱던 인연까지
흩트려 버릴 때가 있으니 마음 둘 곳 없는
세상은 외로움을 느끼게 한다

가시 같은 삶이
행복했던 신혼 때를 그립게 하며
사랑한 사람 또한 곁에 있어도 남보다도 멀게 느껴지고
고왔던 미소는 수심만 가득해
황혼 끝까지 사랑으로 헤쳐나가기엔
많은 인내가 필요해진다

평생을 껴안아야 할 사람
그토록 오랜 세월을 살을 맞대며 살았는데
쉽게 헤어져 버리는 것을 보면
시달린 마음고생이 오죽했으랴 그러나 조금만 더 참고
지혜로웠더라면 위기는 넘어가고 영원한 사랑이
찾아왔을 수도 있지 않았을까

나무는 물을 주고 잘 가꾸어야
자라나듯이 인간도 사랑을 주고받아야 건강하다
자신은 잘해 온 것 같지만 그동안 자식들과 사랑하는
사람에게 인색하게 굴지나 않았는지 생각해야 하고
혹 잘못된 삶을 살았다면 모든 걸 사랑으로
되돌려놓아야 한다

사랑이 찾아오기까지

사랑하는 배필을 얻고자 함은
소망한 마음이 그 사람을 부를 것이오 사랑을 원해
간절히 기도하는 자 또한 아름다운
사랑을 쟁취할 것이라

사랑을 베푸는 자는 복이 있고 사랑의 빚을 지지
않는 자에게 상록수처럼 변치 않는 사랑이 임하리라

진실한 사랑은 외모로 판단하지 않으며
상대의 허물은 사랑으로 감춰줄 것이오 사랑이 임하면
모든 게 사랑스럽고 재물과 학벌의 문턱도
높고 낮음이 없을 것이라

기쁨과 슬픔은 사랑 안에서 나눔이라
사랑하는 그가 아프면 나의 아픔이오 그가 밝게 웃는
모습에 내가 편안함이라

참다운 사랑은 함께하는 믿음 안에서
사랑이 더욱 아름답고 상대를 자신처럼 사랑할 수
있음이 서로에게 기쁨으로 돌아올 큰 행복이라

제2부

하얀 천사
나이팅게일

그댄 하얀 천사 나이팅게일
낙도 교회와 산촌 교회를 두루 다니며 진료와
치료로 일일이 돌보시고 전도로 최선을 다한
그대 헌신이 참 아름답습니다

해맑은 당신 사랑

아침은 고요히 열리고
눈부신 햇살 아래 두 눈을 떴습니다

산새들은 지저귀고 코끝이 상쾌한
이 아침 당신을 맞이하기엔 내 영혼 너무나
아름답습니다

해맑은 당신 사랑이
내 삶 속에 촉촉이 흐르고 그 사랑은 언제나
행복의 꽃으로 피워갑니다

사랑이 많으신 당신이
이 아침에도 기쁨으로 함께해 주니 눈가에
맺힌 이슬방울은 진주처럼 곱습니다

라일락 향기 날리며

봄 내음이 가득한 숲길에
꽃과 마음을 주고받으면 시간 가는 줄 모르고
활짝 핀 꽃에 코끝을 들이대면 꽃들과
금세 친숙해진다

숲길을 걷다 보니 날 바라본
향긋한 라일락꽃이 유난히 발길을 멈추게 하고
진한 향기가 숨을 들이마실 때마다
가슴 속을 상큼하게 해준다

산들산들 불어오는 봄바람
연보랏빛 라일락꽃은 나의 아파트 담장 쪽에도
아름답게 피어 달콤한 향으로 다가온다

라일락을 가슴속에 새겨 놓고
내년 오월 이맘때쯤 오솔길을 따라 사랑하는
사람과 라일락꽃 향을 맡으며
거닐고 싶다

친구 조동이가 있어 좋다

친구 조동이가 풀이 죽어
부평을 돌아다니는 걸 보고 할 말이 있다고 전화했다

나: "나 할 말이 있어 동이야"
동이: "그래 무슨 일이야 어서 말해봐"
나: "나 힘들어 죽겠어"

뜬금없이 내뱉은 말에 동이는 내가 정말 힘든 줄 알고

동이: "그래 우리 만나자 교회 뒤 그 카페로 나와라"

잠시 후 김기옥 님도 함께 나왔다
우린 차를 마시며 서슴없이 이야기를 나눈다

동이: "요즘 와이프 하고는 잘 지내지"
나: "그래 조금"
동이: "그런 말이 어디 있어 마음 잡고 잘 지내라니까"

이런저런 이야기로 동이가
나를 위로하고 있는데 사실 내가 힘든 게 아니라
나보다도 동이가 마음에 상처받아 모든 것 내려놓고
먼 섬마을에 가서 살길 원하기에
동이를 다독이기 위해 내가
불러 본 것이다

서로 만나 말 몇 마디 나누다 보면
그동안 쌓였던 스트레스가 모두 풀어지게 된다
그리고 우린 함께 하는 전도사역이 있어 힘들 때마다
기도해 주고 작전을 새롭게 짜며
충전할 시간을 갖는다

＊ 2017년 어느 가을날

주님 품에 안길 여인

세상 어느 여인이 당신보다 곱고
어떠한 꽃이 당신의 마음처럼 예쁠까

삶이 비록 어려워
두 손은 거칠어졌어도 가식 없는 믿음에
예배당 식당 봉사를 열심히 해가는 당신이야말로
세상에서 가장 아름다운 여인이어라

누가 뭐라 하든 간에
좌로나 우로나 치우치지 않고 주어진 소명을 따라
매 주일 주님의 일을 행하는 헌신적인
당신의 마음이 너무나 아름답다

가방만 들고 시계추처럼
예배당을 다녀가는 멋쟁이 여인보다
두 소매 걷고 구정물에 손을 당근 당신이 말로
옥합을 깨친 여인 못지않다

* 부평중앙교회 김기옥 집사님

하얀 천사 나이팅게일

그댄 하얀 천사 나이팅게일
낙도 교회와 산촌 교회를 두루 다니며 진료와
치료로 일일이 돌보시고 전도로 최선을 다한
그대 헌신이 참 아름답습니다

교내에서는 교사로 근무하시고
하얀 가운에 학생들 지도와 건강을 책임져 주신
그 마음은 이 시대의 훌륭한 교사님이자
나이팅게일이셨습니다

또한 성전에서 맡겨진 일들을
있는 듯 없는 듯 차분히 일을 잘해 나가시고
새 신자들을 내 가족처럼 이끌어 주신 그대는
사랑스러운 샤론의 꽃입니다

＊ 봉사하신 문남식 권사님

국회의사당 에스더 선교회

곧 쓰러져 가는 나라를 구해보겠다고
국회에 들어가신 에스더 선교회 구현자 권사님
루디아 성가대와 함께 국회의사당 구들장이 깨지도록
찬양과 부르짖는 기도로 주님을 부른다

그 많던 크리스천이 이 나라를 위해
국회에 출마했어도 공약이 처음과 나중이 다르고
또한 교회를 없애려는 국회의원이 점차 늘어나고
나라를 공산당들에게 팔아넘기려는데 국민들은
순한 양과 같이 쳐다만 보고 있다

그런 국회를 바로잡기 위해 땀방울이
핏방울이 되도록 구현자 권사님은 수십 년
기도를 해왔고 목사님을 모시고
끝없이 말씀도 올렸다

점차 늪에 빠져들어 가는 나라
여야가 하나같이 뜻이 다르고 갈 데까지 간
국회라서 더는 희망이 없는 곳이지만
찬양과 기도로 나라와 국회가 정상이 되도록
구현자 권사님은 국회에서 끝까지 기도하신다

* 에스더 선교회 총무 구현자 권사님

루디아 성가대와 여행을 떠나며

파란 하늘에 단풍이 울긋불긋한 이 가을
여행하지 않고선 그냥 보낼 수 없어 부평중앙교회
루디아 성가대와 함께 가을 여행을 떠난다

강천산 길목을 따라 곱게 물든 단풍을
카메라에 담으며 올라가는데 등산객들은
얼마나 곱게 차려입고 오셨는지
그 자체만으로도 빨강 노랑 단풍이다

루디아 김효진 지휘자가 강천산
가이드를 대신하며 올라가는데 어쩜 그렇게 귀엽고
목소리 또한 꾀꼬리처럼 내 마음을 쏙 빼놓는지
그녀는 정말 사랑스럽고 예뻤다

단풍으로 물든 강천산을 등정하는 동안 감탄사가
절로 나와 곱게 물든 이 아름다움을 어떻게 말로 다
할 수 있을까 난 표현할 방법이 없어, OH, MY GOD

아름다운 단풍나무를 벗 삼아 포즈를 취하니
예쁜 모습들이 소녀처럼 카메라에 드러나 모두가
그 아름다움에 탄성이 자자하다

* 2014년 가을 이야기

사랑의 조율사

성전에 그랜드 피아노를
조율하시는 당신은 오늘도 뒤틀린 높고
낮은음을 바로 잡아가시는데 날카롭고 둔탁한 그 음이
그 음 같고 지켜보는 난 도무지 무엇을 하시는지
감을 잡을 수가 없다

그러나 피아노에 전체적인 밸런스를 모두 맞춘 후
손수 연주하시는데 처음엔 알지 못했던 피아노 음이
이렇듯 맑다니 내 입이 열려 화음을 맞추게 되고
머리 또한 영혼까지 맑아져 난 당신을
존경하게 된다

피아노 라인을 골고루 곱게 다듬고
옥구슬 구르듯 피아노를 아름답게 연주하시지만
마음조차도 다듬는 당신은 매사에 사랑이라
연약한 형제늘에게 섬김으로 껴안으니
성도 간에 사랑이 넘치고
사랑의 피아노 음만큼
믿음 또한 성결하다

* 손석성 장로님과 함께하며

지휘자님 첫 지휘

새로 부임한 지휘자가 단상에 섰는데
가슴 설레고 기대되는 찬양은 오케스트라와 함께
감미롭게 이어지고 열정적인 모습이다 그건 마치
젊은 카라얀(Karajan)을 떠오르게 한다

단상에 선 지휘자는 성가대와 오케스트라에
크나큰 미소로 사인을 보내는 모습이
매우 감동적이고 은혜가 넘친다
찬양을 좋아하는 목사님께서도 경쾌하게
지휘자를 바라보고 있다

지휘자는 힘차게 지휘봉을 흔들어
은혜롭게 찬양을 마쳤는데도 불구하고
예배 시간 내내 브라보와 앵콜을 외칠 정도로
지휘자가 눈에 선하고 아른댄다

박광영 지휘자는 밝은 표정에
인품도 인자하게 보이고 찬양 전에 모습들을
멀리서 지켜보니 겸손하시고 품위 있는지라 언젠가
맛있는 커피로 인사라도 나누어야겠다

* 박광영 지휘자님

그녀는 예쁜 공주

거울 앞에서 새로 사 온
블라우스를 입고 딱 맞아버린 그녀가
미소 지으며 하는 말

"자기야 내 몸매 어때 사실 내가 좀 예뻐
다들 그렇게 이야기하고 있거든 알다시피 동창들이
나 좋아하는 것 알고 있잖아
자기도 내가 예쁘다며 난 왜 이렇게 예쁜 거니"

몸맵시를 재며 좋아하는
그녀가 아직도 어린 소녀처럼 철이 없다

행복한 이 밤을

한 해가 저물어 가는 이 밤
그대와 처음 추어본 어색한 서양 춤에
발이 맞지 않아 비틀거리며 웃음이 가득하다

행복한 이 밤을 그대와 둘이
열정적인 춤을 따라 흐르는 선율에 동화책
주인공처럼 방 한가운데를 이리저리 휘저으며
그대의 발길을 따라간다

아름답게 물들어 가는 밤
가슴은 한없이 부풀어 오르고 그대의 향 짙은
입술은 달콤하게 자주 다가와 이 밤의
열기가 너무나 뜨겁다

힘든 삶을 잠시 내려놓으며
행복한 이 밤이 다 가도록 그대와
맛난 과실주에 즐거운 이야기꽃을 피우며
송년의 멋진 밤을 맞고 있다

갈 곳도 없는데

나뭇가진 앙상하고
눈이 곧 내릴 것 같은 오후
갈 곳도 없는데 무작정 멀리 떠나고 싶어
옷 몇 가지를 가방에 꾸려 집을 나선다

찬바람이 나부낀 늦가을
정류장에 나와 몸도 마음도 가누질 못해
타야 할 노선버스를 몇 대나 보냈는지
지나가는 버스만 멍하게 바라본다

예전엔 밝고 아름답던
나 자신이었는데 요즘 들어 마음이 그토록
외로워지는지 오늘도 차가운 바다를 찾아
마음을 달래느라 몸부림을
치고 있다

춤 파트너

주말이면 친구들은
산이나 바다로 여행을 모두 떠나지만
난 항상 주님의 성전에 남아
늘씬한 키에 가는 허리를 꼭 붙들고
춤을 추며 돌아간다

발바닥이 땀이 나도록
박자를 맞춰가며 바쁘게 밀고 당길 땐
바닥은 깨끗이 빛나고 내 영혼까지
반짝반짝 빛이 난다

나의 춤 파트너는 사랑하는 여인처럼
떼래야 뗄 수 없는 말라 빠진 마포 자루다

난 누가 보든 말든 주일을 준비하며
늘 그렇게 성전에서 즐거운 마음으로
마포 자루를 들고 열심히 청소하고 있다

내가 머무는 이곳은
세상에서 가장 높고 높은 주님의 집 그 성전이
아름답게 빛이 날 땐 주님께서 축복하신다

* 관리집사 시절

세상에서 나를 가장 사랑한 나

조금만 상처받아도
서러워서 말도 하지 않고 남몰래 숨어
펑펑 울어 버리는 바보 자신을 원망하며
늘 방황하는데 나라고
사랑할 수 있을까

세상 홀로 서가는 자신
친구들 다 떠나가고 혼자 외로워하는데
누가 사랑해 줄 수 있겠어 사랑받을 수 없는 나
죽을 만큼 외로운 자신 나 아니면
누가 사랑하겠어

이제부터 자신을 사랑하며
친구들도 사랑한다면 주님도 나를
예뻐하시겠지

고기가 먹고 싶어서

롯데마트 정육 코너에
노릇노릇하게 구워 놓은 돼지고기를 먹고 싶다
손님들의 시식을 기다리고 있지만
나는 마음뿐 손이 가지질 않는다

허기진 배는 고기가 먹고 싶다는데
눈요기만 하고 슬그머니 지나치고 만다
남 보기 부끄러워도 비곗덩어리 한 점이라도
얻어먹을 걸 다들 시식하고 있는데
바보처럼 자존심 세울 때가
따로 있지

몸은 야위고 고기 먹어본 지 오래됐는데
주머니 사정도 넉넉지 않고 집에 가서
버터에 밥을 비벼 고기 먹고픈 서러움을
달래 보련다

추석 송편을 빚으며

추석을 앞두고 우리 가족
도란도란 둘러앉아 이야기꽃을 피우며 송편을
빚는 시간은 정말 즐겁다

사내가 반죽을 주물럭거리며
송편을 만들다니 마음이 무척이나 간지럽다
내가 빚은 송편이 이렇게도 못생겼을까
쟁반에 내려놓기가 부끄럽다

그런데 막내딸이 빚은 송편은 더 형편없다
나는 보다 못해 "애야 그래 가지고 시집을 가겠니"
"아빠 네가 만든 송편 안 먹을 거야"
식구들 까르르 웃는다
예쁜 송편이 아니면 어때 즐거운 시간 사랑으로
빚은 떡이었기에 감사하기만 하다

즐거운 추석 언제나 그랬듯이
우리는 넉넉하진 않았지만 사랑하는 가족들과
함께하기에 행복할 뿐이다

스테이크를 먹는 날

소고기 스테이크가
포크에 눌려 나이프에 잘게 쓸려져
썹는 그 재미는 쏠쏠하다

사랑하는 그와 고운 미소에 주고받는
이야기에 한 입 두 입 스테이크를 맛있게 먹는
시간이 즐겁다

오랜만에 외식이지만
값비싼 고깃값이 걱정되는데
그는 알기나 하는지 몸이 우선이라고 꼭꼭 씹어
많이 먹으라고 날 챙긴다

전망이 좋은 레스토랑에
음악은 잔잔히 흐르고 은은한 원두커피는
감미로운 입맛을 내고 미소 가득한
그녀의 모습은 볼수록
사랑스럽다

기도했습니다

나는 카메라에 사랑하는 사람과
예쁜 꽃을 담고 싶어서 카메라를 달라고 주님께
기도했습니다

요즘 주머니 사정이 얼마나 허전한 것인지
알면서도 속 보이는 기도를 했습니다

넘보지 못할 카메라를 나에게
안 아픈 가격으로 구매할 수 있는 기회를 달라고
남몰래 기도했습니다

그러던 어느 날 기도의 응답은
이루어지고 캐논 카메라에 사랑하는 사람들이
미소 짓는 모습이 렌즈에
잡히고 있어 얼마나 감사한지
모릅니다

* 캐논 EOS 450D

임플란트

어금니가 빠지니 음식
섭취기가 어려워 위장에 지장을 주고 누가 볼까
창피해 입을 꼭 다물 수밖에 없다

옛날 순복음교회 집사님이 기도했더니
황금 치아가 나왔다고 간증해서 믿어지지
않지만 나도 기도해보았다

난 매일 치아가 나오나 혀를 대본다
그런데 맨살을 뚫고 2㎜ 나왔다
신기하고 놀라운 일이다

그 뒤 치과에서 사진을 찍어봤는데
썩은 뿌리가 살을 뚫고 나왔다는 것이다

난 그동안 기도해 속만 보였다
결국 썩은 뿌리를 빼고
임플란트를 해 넣을 수밖에 없었다

빈털터리 사장

난 IMF 이후 모든 재산 잃고
아파트 지하 주차장에서 손 세차업을 하는 빈털터리
사장으로 삶이 얼마나 고달픈지 모른다

죽도록 지하실에서 손 세차 일을 해도
우리 집에 세비도 다 못 내고 빚만 늘어간다
이곳에 직원도 나 혼자라서 무지 힘이 든다

난 하룻밤에 승용차 30대를
닦는데 고객이 늘지 않아 수입은 적다
그러나 일은 힘들어도 누구의 잔소리도 듣지 않아
그나마 감사하다 그리고 이 정도면 행복이라
자신을 속이며 이 고난이 삶을 비껴가기를 기다린다

비록 지금 삶이 힘들어
버터에 밥을 비벼 먹고 남의 차를 닦고 있지만
나도 언젠간 벤츠를 타고 고기도 먹어볼 날이 오리라
기대하며 어두침침한 지하 주차장에서
3년의 연단으로 몸부림치고 있다

* 예전 손 세차 사업장에서

악몽인가

나는 꿈을 자주 꾸는 걸까
꿈속에 마음만 먹으면 잘 날아다니고 이 산에서
저 산으로 날아가는 꿈을 자주 꾼다
날아갈 때면 스릴 있고 좋았지만 떨어질 땐
몸서리가 쳐져 잠이 자주 깬다

그다음 날 또 그런 꿈을 꾼다
신작로 길을 스키 타듯 빨리도 날아간다
전생의 천사라도 되었는지 평생을 같은 꿈을 꾼다

또 나는 잠을 자면서 자주 운전한다
비 오는 날 버스 윈도우 브러쉬가 고장이 나
앞이 보이지 않는 가운데 더듬더듬 핸들을 잡고
가는데 곧 사고가 날 것 같다

칠십이 다 되도록 꿈속에서
핸들을 잡고 있어 아침이면 일어나 그만하라고
하는데 눈을 감으면 또 피곤하게
운전을 한다

병원에 실려 가다

나는 화장실에 히터를 갖다 놓고
수도가 녹기를 기다리며 수도꼭지를 입으로 불었다
꼬르륵 소리가 나는 걸 보니 다 녹은 것 같다

작년에도 이렇게 해서 물이 나왔다
그런데 몸이 좀 좋지 못하고 의자에서 일어날 수 없다
수도를 오래 불었더니 뇌가 죽어가는 것 같다

그러던 중 박관순 권사님이 날 보더니
병원에 빨리 가라고 부목사님 불렀는데
난 정신을 잃고 말았다

눈을 떠보니 며칠이 지났는지 병원 중환자실에
호스가 내 몸을 휘감고 있었다

나는 몸이 불구가 되어 휠체어에
몸을 의지하며 두 달 재활을 마치고 퇴원했는데
목사님들 성함을 몰라 수첩에 적어야 했고
뇌를 다쳐 아내를 엄마라고 불렀다

난 정신이 덜 돌아와 주기도문 사도신경도
외울 수 없었지만 이 정도 몸이 움직이고
교회를 나갈 수 있게 해주신
주님께 감사드리고 있다

제3부

귀여운 내 사랑아

마음잡고 잘 지내고 있는데
잊을만하면 찾아와
사랑의 길가로 끌고 가 순진한 날
울려놓고 미소 짓진
말아주오

포도주처럼 숙성된 사랑

오래 숙성된 포도주가
제맛이 나듯 사랑도 그런 것 같다

처음 포도즙엔
달고 신 맛에 분간할 순 없어도 익어 갈수록
은은한 향과 제맛이 난다

세월이 흐를수록
맑고 좋은 포도주가 되듯 사랑도 미운 정
고운 정 싸여 성숙해진다

처음 느낄 수 없던 사랑
세월이 흐를수록 진정한 사랑의 의미를
맛볼 수 있다

가을날의 짝사랑

내가 왜 이럴까
그가 날 좋아하는 것도 아닌데 그를 보면
바보처럼 가슴이 뛰고 마음이 설렐 수밖에 없는지

잊으려 해도 자꾸 눈에 사운 대는
그가 이젠 꿈속까지 찾아와 마음을 빼앗아 가는지
사랑은 소리 없이 깊어 간다

오늘도 미소 짓고
사랑스러운 그대 맘을 얻기 위해 다가가는데
그댄 눈 하나 깜짝하지 않고 날 알아주지 않으니
서글픈 이 심정을 어떻게 고백할까

이 가을 단풍이 아름답게 물들어 가고
내 가슴에도 그대 향한 사랑은 곱게 물드는데
그대의 맘속엔 내가 없으니
가슴이 아려온다

가을의 유서

가슴에 싸인 피멍이
온 산을 붉게 물들여놓고
떨어지는 낙엽 속에 가을의 유서를
남기고 떠나갑니다

서릿발에 몸을 젖혀
눈꽃이 되어도 슬퍼하는 모습에
그대가 잠들 때 조용히 떠나갑니다

떨어지는 낙엽과 함께
이 가을에 떠날 수밖에 없는 운명

그대 가슴에
피멍을 들일 수 없어 맑은 영혼을
위해 지금 떠나갑니다

얼마큼 사랑해야 하나요

오늘 뜨겁게 달구어 놓은 사랑
내일이 찾아오지 않는 사랑이 아쉽습니다

어제는 그토록 사랑하고 다정했는데
아침이면 차가워지고 또다시 따뜻한 마음으로
돌려놓아야 하는지
볼 때마다 서먹서먹한 그대의 속을
알 수가 없습니다

아무리 쏟아부어도
밑도 끝도 없는 사랑 내일이 없는 그댈 위해
난 얼마만큼 끈기를 가져야
하나요

좋아했나 봐

마음속으로
너를 좋아했을 뿐인데 언제부턴가
정분나도록 내 맘이 흔들리고 네가 가까이 와
나의 깊은 가슴을 적실 줄
누가 알았겠니

처음 가까이하기엔
수줍고 조심스러웠지만 이젠 곁에 있어도
전혀 낯설지 않고 허물없이 자유로워진 걸 보면
그동안 알게 모르게 마음이 오가고
있었나 보다

사랑의 고백도 하지 않았는데
삶이 우리를 그렇게 꼼짝 못 하게 묶어 놓고
자신마저 내어놓을 만큼
가까워져 버렸으니 이 일을 어떻게
해명할 수 있겠니

그를 사랑했었네

그가 너무나 좋아서
아무도 모르게 사랑하고 말았네
험준한 세월을 따라 찬연한 별빛에 인내의
성을 쌓으며 그를 말 없이
사랑했었네

소슬한 바람만 불어도
끝없는 물빛 그리움이 넘쳐흐르고 다가갈수록
애련한 사랑 내 어이 감당할 수
있으리오

가슴앓이 애상에 젖고
세상에 빛이 있으랴 차라리 눈을 감고
바라볼 수만 있다면 심연의 깊은 잠에서
깨어나지 않으리

너를 사랑하고 싶다

너를 바라만 봐도
아름답고 행복한 것을 끝까지 따라가서
너에게 나를 빼앗겨 가는지
모르겠다

네가 좋았을 뿐인데
나의 가슴을 적실 줄 누가 알았겠니

사랑하는데 이유는 없다
나를 잃는다 해도 너를 사랑하고 싶다

우리의 사랑을 갈라놓아도

우리 사랑을
긴 만리장성이 가로막아도
영원할 수밖에 없는 것은 성벽 넘어 양귀비 같은
그대가 사랑의 기도를 드리고 있어
나의 가슴에도 사랑은 곱게 피어나
이젠 그 성벽도 사랑으로
무너져 갑니다

두꺼운 성벽이
문제가 될 수 없는 것처럼
험난한 삶이 우리 사랑을 갈라놓고 힘들게 해도
진실 하나로 맺어진 우리의 사랑은
언제나 서로 마주 보며
영원하답니다

사랑한다고 했었더냐

무얼 더 바라겠느냐
그동안 그만큼 뼈저린 아픔을 겪었으면
그만이지 눈물로 해 본들 인연이 아닌 사랑이
영원하겠느냐

아직도 가슴
한편에 흘릴 눈물이 남았더냐
이루어지지 않는 사랑을 붙들고 가슴 아프게
너무 미련은 갖지는 마라

사랑하는데 이유는 없다
그러나 가시밭길처럼 아픈 사랑을 감당하며
따라갈 자신이 있다면 이 사랑 끝까지
책임질 것이야

아침 이슬

간밤에
어느 임이 울고 갔나
풀잎 위에 떨긴 눈물방울
임 그리워
흘린 눈물인가
나의 마음
임 그리워 슬픔에 젖었는데
풀잎 위에 그 마음
이야기했네

나의 사랑이시여

내 곁을 떠나진 말아주오
그대 없는 세상이 괴롭고 외로워요
달빛 창가에 젖어가는 날 얼른 돌아와 그대 넓은
가슴으로 품어 주시구려

곱게 물들어 버린 사랑
말없이 모습을 감춘다고 모든 게 끝나고
고왔던 사랑이 흔적 없이 지워질 수 있나요
다시 돌아갈 수 없도록 깊어진 사랑
고집일랑 부리지 말아 주오

나의 사랑이시어
그동안 고왔던 사랑은 어쩐답니까
삶 끝까지 가자던 사랑 천사 같은 아름다운
마음을 활짝 열어 생각을 해주시구려
난 그대의 따뜻한 손길에 해맑은 미소가
그리워져요

애써 잊으려고 하지 마라

삶 가운데
아픔만 남겨 주고 떠난 사랑
세월이 가도 지워지지 않고 용서와 눈물로도
지울 수 없는 사랑
애써 잊으려고 하지 마라
가슴 여미다 보면 야윈 몸만 더 상할
뿐이다

모든 것 빼앗기고
추억으로 갈무리하기엔 너무 아픈 사랑
진정으로 사랑했었다면 울며 붙잡지도 말라
순박했던 사랑 그립다 보면
언젠간 다시 찾아올
것이다

불나비사랑

너는 아느냐
불나비의 아픈 사랑을
한없이 타는 불이 좋아
너의 곁을 너울대는데 가까이 갈 수도 없고
사랑에 빠질수록
활활 타들어 가는 뜨거운 불 속에 자신을
내 던질 수밖에 없는 것을
너를 사랑하여
내가 죽는 날이 너를 안는
그날일 게야

보낼 수밖에 없는 사랑

추억이 아무리 화려하고
꿈으로 곱게 물들었어도
인연이 안 될 사랑이라면
보내야 한다

처음 마음이 나중과 다르고
겉과 속이 다른 사랑이라면
그 사람을 신뢰하며
그리워할 가치가 있을까

마음을 빼앗기고
끝없이 끌려가는 사랑은
그 영혼이 슬프거니와
사랑 때문에 귀한 몸 상처받고
드러누울까 두렵다

마음이 떠난 사랑은
돌고 도는 인연이기에 추억으로 갈무리하고
때 묻은 사랑 미련 없이 놓아
버리는 게 옳다

귀여운 내 사랑아

바쁜 삶에
날 잊은 줄 알았는데
늦은 밤 찾아와
잔잔한 내 가슴을 흔들어 놓고
보내지도 않았는데
자기 맘대로 훌쩍 떠나가 버린
얄미운 사랑아
날 가져가진 말아주오
깨물어 주도록
귀여운 내 사랑아
마음잡고 잘 지내고 있는데
잊을만하면 찾아와
사랑의 길가로 끌고 가 순진한 날
울려놓고 미소 짓진
말아주오

첫사랑 이보다 좋을 순 없다

청순한 첫사랑
아름다운 핑크빛 촉감 눈을 감아도
아른거리고 생각할수록
가슴 울렁거리는데 무슨 말이
더 필요하랴

뜨거워진 마음은
바라만 봐도 미소가 지어지고 보이는 건
오직 그대뿐인데 무얼 더 주저하고
망설일 수 있을까

사랑하는 그대에게
마음을 보낼수록 사랑은 솜사탕처럼
달콤하고 시간이 흐를수록
촉촉이 젖혀오는 첫사랑
이보다 좋을 순 없다

사랑이 머문 자리

길 없는 너의 고집에
이젠 나의 가슴을 그만 태우련다
네가 멀리 떠난다고 해서
너에게 작아질 이유도 없고
너에게 끌려가는 일은 없을 것이다

다가갈수록 멀어진 너에게
무슨 말을 해야 하고 어떤 사랑의 묘약이
더 필요하다더냐 사랑할수록 나를 빼앗겨 가는데
이젠 너 때문에 앓아누울 이유는 없다

너를 사랑한 만큼 상처받고
야윈 모습에서 나의 존재를 알았기에
앞으론 속 좁은 사랑으로 너에게
마음이 흔들리지 않을 것이야

너를 알고 난 사랑을 알았지만
네가 다시 돌아온다 해도 예전처럼 너를
사랑하진 않으련다 더는 내어놓을 것도 없고
한번 너를 잃은 것으로 만족했으니까

사랑한다고 말해줘 어서

난 너에게 아픈 마음을 안겨 주고 싶진 않았어
사랑을 지키려는 마음뿐이었는데
너에게 서운하게 되었구나

난 너에게 적일 수도 없고
널 이길 자신도 없어
내 마음엔 오직 너밖에 없었으니까
서운한 마음일랑 풀어다오
지난 추억을 생각해서라도 우린 그럴
수는 없는 거란다

네가 날 미워할수록
난 너를 더욱 예뻐하고 사랑할 거야 고집 피운다 해도
소용없어 넌 나에게 돌아오고 말 테니까
너의 마음은 언제나 아름다웠어 거짓 없는
순수함이 너의 참모습이었거든

난 너를 믿고 있단다 우리 이젠 사이좋게
지내보지 않겠니 난 너에게 손을 내밀고 있어
이젠 사랑한다고 말해줘 어서

＊ 사랑의 편지 중에

사랑스러운 여인

그 집 매장을 지나갈 때마다
사랑스러운 여인이 밝은 모습으로 날 반겨준다

세상에 이토록
귀여운 여인이 있었는지 정말 곱고 사랑스럽다
처음엔 쑥스러워 눈인사 정도 했는데
이젠 무척 가까워졌다

난 매일 그녀와 마음을 나누고 있는데
만날 때마다 가슴이 설레고 오늘도 미소를 보내와
외로운 나의 맘을 달래 주고 있어
정말 좋다

서로 마음을 나누던 이 여인은
매장의 모델인 마네킹 여인이었는데 홀로 있어도
외롭지 않은가 늘 미소를 잃지 않고 있다

잔잔한 미소를 보내올 때마다
예전에 친구가 생각나 발길이 떨어지지 않는다
그 친구를 위해 밤마다 기도를 드리고 있어
더욱 마음이 가고 있다

이해하고 사랑하자

정말 우리가 인연이었을까
남같이 등을 돌리며 살아갈 이유라도 있었을까

사이좋게 살다 보면 둘도 없는
행복인 것을 서로 마음을 꼭 닫게 되었는지
미워진 모습이 전봇대 같고
장승처럼 느껴졌어 왜 서로 사랑이 떠나야 했을까

전봇대도 사랑하다 보면
날 껴안아 주고 싹이 나고 뿌리도
내릴 것 같은데

우두커니 서 있는 장승일지라도
한 쌍이 늘 다정하게 사랑하고 있는 것 같은데

목석같은 우리의 사랑 자신에 문제가 있는 게
아닐는지 우리 서로 이해하고
사랑해 보자

환상의 바다 제주에서

솔솔 불어오는 하니 바닷바람에
그녀의 머리카락은 휘날리고 정분나도록 밀려왔다
밀려가는 파도에 조약돌이 흑진주처럼
곱게 다듬어지던 사랑의 바닷가

강렬히 내리쬐는 뜨거운 태양 아래
그녀의 반짝이는 눈동자는 검은 선글라스에 살짝 가리고
펄럭이는 긴 드레스는 파란 바다를 향해
한 폭의 풍경을 멋지게 수놓아 이국적인
파노라마가 펼쳐진 제주

시원한 바다에 발을 담글 때마다
절로 피어오르는 미소 멋들어진 사랑의 포즈
카메라 셔터를 누를 때마다
곱게 담겨가던 해맑은 모습들

주님이 만들어 주신 환상의 제주를 찾아
소년 소녀의 모습으로 다시 돌아와
마음과 마음을 함께하며 사랑은 푸른 꿈들로
감미롭게 물들어 가던 제주

제4부

사랑은 기차를 타고

사랑을 속삭이는 그녀의 대화는
끝이 없고 행복했던 밤은 소리 없이 밝아진다
유럽의 아침 설경은 동화 속 그림처럼 온통
눈의 세계라 아름답다

꿈은 이루어진다

어릴 때 꿈은 미국으로 이민 가는 것이다
그때는 삶이 어려워 선진국에서 잘살아 보는 것이
간절한 소망이었기 때문이다

미국에 정착해 그레이하운드나
트레일러를 끌기 위해 대형면허와 트레일러 면허를
취득했고 영어 학원도 다니고 날 도와 줄
미국 친구를 사귀었다

그러나 긴 대륙 꿈을 펼치고 싶어도
취업 이민이 만만치 않아 꿈은 이룰 수 없었다
나는 미국 취업보다 쿠웨이트 사우디에 먼저 취업해
그 나라 면허를 취득했고 1979년 23살 때부터
중동을 네 번을 다녀왔다

그리고 세월이 흘러 꿈을 찾았다
그레이하운드보다 더 좋은 리무진 고속버스를 끌고
고속도로를 다녔기 때문이다
앞으론 이 나라가 더 부강해져서 많은 사람이
한국을 찾아올 것이다

모나리자

이방 여인과 첫 만남이
이토록 다정할 수가 있었을까

사랑스러운 미소에
인종과 국경을 초월해 둘 사이가 낯설지도 않고
모나리자에 호감이 가는지 다정한
연인처럼 느껴진다

끝없이 보내주는
모나리자의 고운 눈빛과 미소는 내 가슴을
따라 잔잔히 흐른다

헤어지는 순간까지도
마음을 받아 가라고 따뜻한 미소를 보내주니
발길이 떨어지지 않는다

* 루브르 박물관에서

몽마르트르 언덕

내가 몽마르트르를 찾는다는 것은
순교자의 길을 찾아 나서며 옛 문화를 탐구하고
중세 역사를 배우기 위한 것이다

하얀 돔 사크레쾨르 성당은(성심성당)
몽마르트르 언덕 위에 웅장하게 높이 솟구쳐 있다
성당 내부는 크리스탈로 멋지게 장식돼 있고
성당 밖에는 성왕 루이와 잔 다르크 기마상이
나란히 있다

테르트르 광장에 전시된
화가들의 많은 그림들이 관광객을 기다린다
또한 화가는 여행자의 초상화를 그리는데
추운 겨울날 이젤 위에 손 시린 것 없이
작품을 잘도 그려간다

몽마르트르 언덕엔 피카소와 고흐
그리고 소설가가 살았던 마을로 유명하다
이곳엔 묘지도 옹기종기 모여 있고
내가 좋아하던 가수 달리다(Dalida)가
외롭게 안장되어 있다

그리고 언덕에 달리다 동상이 있는데
그녀의 가슴을 만지면 사랑이 이루어진다는 설이 있어
얼마나 많은 분이 만졌는지 반짝반짝 빛이 난다
난 생각 없이 달리다의 가슴에 손을 얹고 말았는데
함께 간 여교사가 눈치를 준다

나는 주변 상점에 들러 파리
중세 유적지로 꾸며진 책과 그림엽서를 15유로에 샀다
이곳은 예술의 도시답게 유명하지만
집시가 많아 잠시 눈을 돌리면 지갑이 누구 손에
들어갔는지 모르는 파리 몽마르트르이다

센강에 사랑은 흐르고

사랑을 실은 유람선에
감미로운 샹송은 흐르고 선상에서 바라본
파리의 아름다움은 예술의 도시처럼
화려하다

센강을 따라 펼쳐지는
건축물의 아름다운 조화는 감탄사가 절로 나
그대의 손을 끌며 그 아름다움을
가리켜 본다

센강의 밤이 깊어 갈수록
에펠탑에 불빛은 현란하고 횃불을 비추는
파리 여신상은 사랑하는 그대
모습만큼이나 아름답다

사랑은 국경을 넘어

Ciao 내 사랑!
꿈과 낭만의 도시 로마에 그대를 만나기까지
언어와 모습은 달랐어도 마음만은 하나였기에
우리의 만남은 오랜 친구처럼
다정스럽다

사랑은 국경을 넘어 꿈에 부푼
데이트는 즐겁고 트레비 분수에서 뜨거운
사랑의 입맞춤은 우리 사랑 그 모든 것
핑크빛 꿈을 받아 오던 그때가 마냥 즐겁다

기대했던 나들이는 바쁜 일정표에 쫓기어
힘이 들고 발목은 아팠어도 잔잔한 미소 속에
따뜻한 마음이 오갔기에 우리의 만남은
사랑으로 가득하기만 하다

∗ 로마 여행

샹젤리제에서 즐거운 오후를

적포도주와 백포도주를 글라스에
채워 서로 부딪치며 샹젤리제 레스토랑에서 창밖을
바라보며 즐겁게 식사를 한다

창밖엔 수채화를 그려가듯
파리에 겨울비가 부슬부슬 내리는 가운데
감미로운 샹송은 흐르고 그녀와 난 달팽이 요리를
맛보며 오후 시간을 보낸다

맛난 식사를 마친 후에 우리는 비 오는
샹젤리제 거리를 둘이서 작은 우산 하나로
파리 하늘을 가리며 화려한 예술의 거리를 걷는다

봉쥬르~ 코가 오뚝하고
아름다운 프랑스의 아가씨들에게 눈인사 정도를
했었을 뿐인데 고운 미소에 손을 흔들어 주는
금발의 아가씨들 너무나 귀엽다

파리에 하늘은 빗방울이 굵어져 코트는
촉촉이 적셔와 작은 우산 하나로 두 사람을
바쳐주지 못해 난 그녀를 더 바짝 껴안는다

해안가를 달리며

사랑스러운 그녀의 체리빛 입술은
상큼한 향으로 나의 마음을 붉게 물들이고

뜨겁게 쏟아지는 태양은
그녀의 선글라스에 반짝이고 푸른 스카프는
차창 밖에 길게 휘날린다

페르시안 해안가를 따라
붉은 장미와 야자수는 도심을 아름답게 수놓고

녹색 비치엔 보트가 날아가듯
물살을 가르며 연인들의 열기는 뜨겁고
수평선의 푸른 꿈은 차 안에 흐르는 로맨틱한
팝이 함께해 준다

신기루가 아스팔트에
오아시스를 만들고 우린 그 위를 달리며
멀리 보이는 선상 호텔을
향하고 있다

* 1979년 8월 페르시안 해안가에서

영원히 잊지 못할 사람

사랑하던 그녀가 작별을 위해
호스피탈 가운을 벗어 던지고 공항까지 많은
시간을 버리고 달려왔지만 손목을 겨우 잡았을 뿐
말없이 떠나오고 말았다

그녀의 모습을 뒤로하며 참았던 눈물을
기내에 뿌리며 밤을 따라 고국을 향하는데 악천후에
번개 치는 검은 구름 속을 벗어나질 못한다

높은 하늘을 오르고 또 올라도 구름층이
얼마나 깊던지 기체는 요동쳐 고막이 터질 것만 같다
이별을 선택한 짧은 생각에 아픔은 몰려오고
서러운 마음 조용하게 기도를 드리지만 거칠고
험한 밤은 더욱 길어진다

어둠을 헤지고 행복의 나라 나의 조국이
엷은 구름 사이로 반갑게 날 맞이하는데
홀로 떠나온 나는 가슴이 멈출 것만 같아
그가 없인 이 아픔을 달랠 수 없다

* 1980년 5월 쿠웨이트를 떠나오며

사랑은 기차를 타고

사랑의 기차에 몸을 싣고 로마에서
제네바까지 밤을 새워 유럽 여행을 하고 있다
달리는 침대 열차에 사랑하는 사람과
향긋한 포도주로 아름다운 밤을 맞고 있다

사랑을 속삭이는 그녀의 대화는
끝이 없고 행복했던 밤은 소리 없이 밝아진다
유럽의 아침 설경은 동화 속 그림처럼 온통
눈의 세계라 아름답다

키가 큰 전나무는 크리스마스
추리처럼 아름답고 푸른 호수와 교회도 있다
스쳐 가는 풍경을 바라보며 우리는 사진을 찍어 대며
서로 미소를 짓고 있다

우린 제네바 여행을 마친 후 몽블랑으로
가게 되어있고 이후 때제배를 타고 파리로
가게 되어있다 국경을 넘을 때마다
언어가 달라 애를 먹지만 유럽 여행은
내 집처럼 출입하기 편해 아주 좋다

* 2004년 유럽 여행 중에

그녀와 제네바에서

사랑하는 그녀와 로마에서
열차를 타고 동화의 나라 스위스 제네바에 도착했다
알프스의 만년설이 흘러내린 물줄기에
스위스와 프랑스를 잇는 레만 호수가 경이로운 풍경을
자랑하며 우리를 반갑게 맞이했다

호수 가운데엔 제트 분수가 긴 물줄기를 뿜어 올리고
호숫가엔 백조와 관광객을 기다리는 유람선이 떠 있다
그녀는 호숫가 산책길을 따라 이국적 정취에
흠뻑 취해가며 여행지에 명소를 교사답게
수첩에 꼼꼼히 기록한다

시간이 지나갈수록 그녀의 볼은 발갛게 얼어붙고
그러나 미소는 모나리자처럼 변함없이 사랑스럽다

레만호엔 노을이 지고 몽블랑 다리 건너편
밝은 가로등이 어두운 호수에 빛을 수놓아 밤 야경
또한 아름답다 우린 몽블랑 다리에서 손목을 꼭 잡고
칼빈이 사역한 생피에르 교회를 바라보며
제네바의 아름다운 밤을 보내고 있다

* 생피에르 교회를 바라보며

사막을 달리며

뜨거운 태양이 지글거리는
아라비아 사막에서 멋진 선글라스에 하얀 두건을
두르고 사막의 고속도로를 달린다

차 안은 로맨틱한 팝뮤직이
아침부터 잔잔히 흐르고 달콤하게 쏘는 펩시콜라를
마시며 담만 지사를 향해 달린다

사막의 열풍에 종려나무는 손짓하고
낙타와 양 떼들이 가시나무잎을 발라먹는 풍경들이
빨리도 스쳐 가고 사막에 모래 폭풍이 불 때면
좁은 시야에 갈 길은 멀기만 하다

식사 때면 주유소에서 빵 한 조각 욱여넣고
핸들을 다시 잡고 마일 게이지가 꺾이도록
액셀 페달을 밟는다

불모지의 땅 아라비아에서 난 홀로 된
이방인과 같이 그토록 외로운지
높은 하늘에 떠 있는 비행기를 볼 때면
가슴이 설레고 서울 하늘이 그립다

* 1981년 사우디 생활 수기 중

코리아 베이비

나는 23살 때 쿠웨이트 자하라 현장에
설비 자재 일을 하게 되어
알리라는 친구와 현장에 나왔다

그런데 현장에서 파키스탄 친구가
악수를 청하면서 "코리아 베이비"라 하며
내 손을 비틀어 땅에 내팽개치고 싸우자 하는데
이런 경우가 있나 싶다 외국인이 구경하는 가운데
뜻밖에 싸움하게 됐다

그 친구는 대충 80㎏에 175㎝로 도둑처럼 생겼다
싸움이 벌어져 나는 군화를 신은 채 발로 찼는데
맞지 않았고 그 친구가 내 허리를 잡아 조이려고
하는 순간 나는 주먹으로 안면을 쳐버렸다

원 펀치에 그 친구가 다운되었고
쌍코피가 터져 파키스탄 의복에 피가 범벅인데 화가나
또 덤빈다 주변 친구들은 피가 많이 흘러 안 되겠는지
그 친구 코를 싸매고 병원에 데리고 간다

외국 친구들은 코리아 베이비에게 덩치 큰 게
얻어맞았다고 현장이 술렁이는데 감독관이 와서
"What's your name?" 하며 내게 경찰서에 가자고 한다

나는 우왕좌왕한 틈에 차를 타고 알리와 빠져나와
설비 사무실에 도착했는데 자재 주임이
벌써 이 일을 아시고 왜 또 때렸냐고 하며
그 친구도 벌어먹으려고 온 근로자인데
그러면 안 된다고 충고한다

나는 파키스탄 친구를 그의 캠프에서 마주쳐
또 싸움이 벌어지나 했더니
그가 내게 왜 코를 때렸냐고 묻는다
나는 그에게 악수하다 왜 팔을 꺾었냐고 되묻는다
그날은 서로 사과하며 끝냈다

난 코리아 베이비라
놀린 4명의 local 친구를 혼냈는데 친구 알리는
"Mr. Kim 복싱 넘버 원"이라고 했다
그리고 싸움이 소문이나 병원 자매들과
자하라 순복음교회 차균규 전도사님은
내가 다칠까 봐 하나같이 걱정하신다

＊ 1979년 9월 (주)삼호 자하라 현장

선생님 사랑으로 존경합니다

"아니 어린애를 학교에 데리고 나오면 어떡하니"
"얘 너 오늘 집에 가서 동생하고 쉬어라"

난 서울 용강초등학교 2학년 소년 가장으로
남동생과 어머니와 셋이 살고 있는데
어머니가 멀리 생선 장사를 시작하여
4살 난 동생을 데리고 오늘도 나왔다

선생님은 "또 왔니" "그럼 너희 짝을 만들어 줄게"
"맨 뒤에 앉아 공부하렴" 선생님은 차마 동생을
집으로 돌려보낼 수가 없어 같이 있게 해주신다

그러나 친구들이 동생을 쳐다봐 공부가 되지 않는다
그리고 동생은 어머니가 보고 싶다고 울고 수업 시간에
화장실 간다고 해서 학업에 지장을 주었다

아직 결혼하지 않은 여 선생님 눈가엔
울먹이는 것을 보았을 땐 너무 가슴이 아팠다
교실이 떠내려가라 우는 동생 하루 이틀도 아니고
저희 반 수업에도 많은 지장을 주고 있었다

동생이 귀여움을 받을 때도 있었다
국어 시간에 책을 들고 서 선생님 말씀을 따라 읽었고
단체로 벌을 받을 때도 같이 손을 들고 있었고
잣대로 손바닥을 맞을 때도 같이 손을 내밀었다
선생님 동생을 보시고 웃음이 나와 화가 풀리셨다

옆 반 3학년 여선생님도 마음이 아프신가 보다
내 동생과 같은 아들이 있었는데 불쌍하게 보였는지
세숫대야에 물을 떠다가 동생을 닦아 주시고
또 빵을 사다 주셨다

그때 2학년 6반이었는데 너무 오래되어
지금 담임 선생님 성함도 가물거린다 한문숙 선생님
얼굴이 예쁘셨는데 나중엔 선생님이 엄마로 보였다

그러던 어느 날 실수를 하고 말았다
선생님께 "엄마"하고 불렀다
난 얼굴이 빨개졌다

좋으신 선생님 지금 어느 곳에 계시는지
사랑이 많으신 선생님 나의 마음속에 늘
사랑으로 존경하고 있다

우린 짝이 아니었어

주말의 명화 《뮤리엘의 웨딩》을
보고 침대에 누웠는데 감성에 젖게 한 영화는
내 마음을 아프게 한다

영화는 나와는 상관없지만
그 여주인공 삶이 가엽고 너무 슬퍼서 나도 모르게
눈물을 좀 보였는데 그러나 희미한 불빛에
내 모습을 본 아내가 하는 말

"당신 우는 거야, 지금 나이가 십 대야 이십 대야"
불도그 같은 마누라가 보호자나 되는 양
갑자기 나에게 쏘아대는데 상한 감정에 눈물은
더 나오고 그 여배우가 떠올라
난 더 슬퍼지기 시작한다

결혼하면 아내와 분위기 있게 텔레비전
앞에서 커피를 마시는 즐거운 시간을 기대했는데
아내는 사건 25시 같은 프로를 즐겨 보며
나와 마음이 하나도 같지 않다

소년 가장

나는 끼니를 잊기 위해 이사 간 빈집에
아기 좁쌀 베개를 주어다 수돗가에서 깨끗이 씻어
끓여 먹는데 아기 땀 비린내가 지독히 난다
그래도 살려면 먹을 수밖에 없다

오늘도 학교엘 가야 하는데 먹을 게 없어
냄비를 들고 염리동 양조장에서 막걸리 찌꺼기를
얻어 끓여 먹고 학교에 갔다

그런데 그날따라 막걸리를 독하게 빚었는지
쓰러지고 말았는데 짝꿍이 선생님 왔다고 깨운다
난 술에 취해 정신이 없었다

선생님은 오셔서 "김득수 왜 그래"
나는 말없이 울어 버렸는데 선생님은 내 처지를
아시고 내일 보자기를 가져오라 하신다

기성회비도 못 내는데 어머니와
어린 동생 끼니를 이으라고 강냉이빵을 주시니
이금자 선생님이 고맙기 그지없다

＊ 서울 용강초등학교 1학년 때

아버지를 찾았습니다

나는 27살이 되어 결혼하려는데
부모님이 이혼해 아버지가 집에 안 계셨다
그래서 찾아간 곳이 용산 경찰서다

난 20명의 아버지 성함을 갖고 찾아 헤맸다
왕십리에 김경삼 씨가 확실해 문을 두드리니
아버님이 나왔다 그래서 제가 일본에서 온
다까짱 아들이라 하니
놀라며 집으로 들어오라 하신다

집에는 사범 대학생이 둘이나 있어
나는 동네 찻집에서 아버지를 조용히 만났다
"아버지 자식을 낳았으면 책임을 지셔야지요"
그랬더니 6·25 때 양강도에서 식구들을 트럭에 태우고
피난 나오다 폭격을 맞았다고 한다

그래서 불쌍하게 죽은 가족들을 생각해
애를 낳지 말라는 아버지의 말씀이다 그때
나는 호적도 못 올리고 어머니와 함께 쫓겨나왔다
그런 아버지가 또 장가를 들어 아들을 둘씩이나
낳았는지 참 가슴이 아프다

아버지 말씀이 할아버지는 만주에서
치과를 했었고 아버지는 일본으로 건너가
와세다 대학 졸업했다고 한다

어머니는 이모들과 대판에서 출생했고 어머니는
고등학교에 나왔으며 외할아버지는 금은방을 했고
해방되기 전까지 일본서 밤에 독립군과
접선해 독립운동 하셨다고 하신다

나는 3살 때 어머니와 함께 아버지 집에
찾아갔는데 새어머니가 날 키운다고 하길래
어머니는 새어머니가 나를 고아원에 보내거나
문둥이한테 팔아넘길 것 같아
다시 데려왔다고 하신다

나는 아버지와 어머니 그리고 새어머니를 모시고
마포 대흥성결교회에서 결혼식을 올렸다

그리고 어머니가 옛날에 재가해서
얻은 남동생이 있고 그의 아버지는 일찍 죽었다
나는 17세에 공부도 못 하고 공장에 들어가
기술을 배울 수밖에 없었다

신혼 첫날 밤

1983년 가을날 예식을 마치고
신혼여행을 가기 위해 가방에 짐을 쌌다
그러나 어머니는 집에서 신혼 밤을 보내라고
저축해놓은 돈을 주지 않아 꿈은 깨지고 말았다
결국 우린 서대문에 영화관 찾아 《십계(十誡)》를 보고
염리동 신혼집에 들어갔는데 연탄불이 꺼졌다

속이 상해버린 색시는 달빛 창가에
하염없이 앉아 있어 쌀쌀한 날씨에
병이 나지 않을는지 그러나 밤은 깊고
잠은 자야 했기에 결국 색시가
이불에 들어오긴 했는데 이게 웬일인가

요가 너무 좁아 차가운 방바닥에
떨어질 것만 같아 둘은 꼭 잡을 수밖에 없다
아침에 요에 대하여 알아봤는데 그것은
우리가 평소에 2미터 이상 떨어져 다녔기에
그것을 본 여집사님이 만든 작품이라 한다

그 후 수줍음 많은 우리 부부는
다정하게 두 손을 꼭 잡고 다니게 되었는데
신혼 준비를 제대로 못 한 나를
색시는 호되게 탓한다

결국 사랑의 인연이었네

주은아 할아버지가 좋아 할머니가 좋아
4살 된 어린 손녀딸에게 물었더니 눈치를 보며
모두 좋다고 한다

손녀 손자가 오면 반갑고
가면 더 반갑다고 하지만 난 귀여운 손녀 손자들이
자기네 집으로 돌아갈 땐 얼마나 가슴이
아픈지 울고 싶다

손자들이 태어나 사랑해 주다 보니
바가지를 긁던 아내의 마음마저 사랑으로 돌려놓아
부부가 하나가 되니 이젠 거친 아내의 손도
따뜻하게 느껴지고 제2에 인생을 사는 것 같아
행복과 기쁨은 가득하다

처음엔 소크라테스 부인보다
더 억척스러운 사람을 만나 내 삶이 너무 힘들고
아픔만 있는 줄 알았는데 어린 손자들이 그 사슬에서
풀려나게 해주니 소망의 열매가
이 나이에 찾아와 얼마나 감사한지 모른다

헤어지기 싫어서

헤어지기 싫어서 손녀딸이
눈물이 떨어질 듯 꼭 껴안고 손을 놓지 않는다

"또 올 거야 그리고 오래 머물다 갈 거야"
내 마음을 아는 듯 내가 하고 싶은 말을
유치원에 다니는 손녀딸이 대신하며
할아버지를 다독인다

손자 손녀가 머물고 간 자리는
장난감으로 엉망이고 실크벽지에 낙서로 집안 꼴은
말이 아닌데 막상 자기네들 집으로 간다고 하니
무슨 조화인지 눈가엔 눈물이 고인다

이 예쁜 것들이 어디서 나왔을꼬
누구도 나를 거들떠보지도 않아 외로울 때
마음을 함께해 주니 삶이 기쁨이 되고
느지막이 축복이라 고맙기 짝이 없다

"그래 나도 이젠 살아야 할 이유가 생겼구나"
늘 차가운 물가에서 울고 있던 내가 귀여운 얼굴이
떠오르니 소망이 가득하다

선생님을 좋아했는데

나는 유치부 때 주일학교에 다니면서
선생님을 좋아했고 선생님도 날 사랑하셨다

그러던 어느 날 종로에서 예수님이 담긴
크리스마스카드를 많이 사 와서 나누어 준다
다들 석 장씩 나누어 주는데 선생님은
나만 한 장을 준다

어린 마음에 기분이 상했다
나만 한 장만 주고 선생님이 오늘 왜 저러실까
선생님께 물어보았다 "왜 나만 한 장 줘요"

그런데 선생님은 뜻밖에 말씀이다
"득수야 너는 금방 싫증 나 찢어버려서 그래"
난 집에 오며 생각했다 어떻게 선생님은
내 마음을 그렇게 잘 아시고 계실까

음악을 사랑하며

난 사랑하는 딸이 둘 있다
아이들 피아노와 바이올린을 배우기를 기대했다
그렇지만 어린아이들 열심히 하지 않는다

작은 아이는 벌써 싫증 내기 시작했지만
격일제로 시내버스 일을 하는 난 서른여덟에
석바위 샘터 학원에 피아노를 배우러 갔다
원장 선생님은 교회 여 지휘자셨다
매일 커피로 기쁘게 맞아 주시는데
내 손이 어린아이처럼 잘되지 않는다

이제 어느 정도 되는구나 하고 마음먹으면
원장 선생님은 "한참 더 배워야 하겠구먼" 그 말씀이
떨어지자마자 내 마음은 무거워진다
"양손 계속 연습하세요" 원장 선생님이 옆에 앉아
직접 개인시노를 해 주시며 음악의 꿈을 키워 주셨다

집에선 어린 딸이 반기며 "아빠 레슨받아야지요"
4학년 큰딸이 선생이 되는데 우리 애가 얼마나 예쁜지
'이 나이에도 되는구나' 연주회며 클래식이며 음악으로
수놓았던 시절, 오월의 꽃향기는 아주 향기로웠다

첫선 보는 날

백년손님 첫선 보는 날 가슴이 설렌다
큰딸 사위 될 영광이가 모차르트 커피숍에 온다는데
내 가슴 두근대는지 모르겠다

초조하게 기다리던 중
딸아이가 손짓하는 쪽을 바라보았는데
건장한 모습의 그 청년을 보는 순간
내 얼굴에 화색이 돈다

"어머님 아버님 안녕하세요 처음 뵙겠습니다"
딸아이가 그토록 그리던 백마 탄 왕자가 왔는데
처음 말문을 열기가 좀 쑥스럽고 어색하다

그러나 시간이 지나갈수록 어찌나 정감이 가던지
난 그 아이에게서 시선을 뗄 수가 없다

아이 엄마도 사위를 보더니
마음에 들었는지 눈빛이 반짝반짝 빛난다
서로 교감하는 이야기에 즐거운 시간 함께했는데
아무래도 우리 집안에 예수가 찾아온 것 같다

* 딸 혼사를 앞두고

세 번이나 죽을 뻔한 나

나는 태어난 지 보름 만에 경기(驚氣)를 앓았다
그렇게 죽어가는 가운데 외할머니께서
언덕 위에 계시는 목사님을 불러
찬송과 기도를 하고 침을 놓으니
나는 괜찮아졌다

그런데 한밤중에 내 눈이 또 돌아가서
두 번째로 목사님을 불렀고 난 되살아났다
그러나 나는 세 번째 경기를 일으켰다
어머니는 포기하셨고 외할머니는 미안하지만
한 번만 더 목사님 불러 보면 안 되겠니
하셔서 기도를 받았다

그 뒤로 나는 나아졌는데 외할머니는
어린 핏덩어리를 죽게 놔둘 순 없었던 것 같다
그리고 어머니와 이모를 딸 셋이 있는 집안에
손자를 보았는데 포기할 수 없었나 보다
난 외할머니와 주님께 감사드리고 있다

제5부

천국 가는 길목까지

천국이 따로 있으랴
지금 이 시간 살아 숨 쉬는 나의 삶이
축복이고 천국인데 세상 살아가는 동안
천국 가는 길목까지 감사하는 마음을
어찌 잊을 수 있으랴

주님의 사랑

예수를 믿는 우리는
주님의 사랑을 먹고 자랐습니다
그러나 우리는 주님의 사랑을 받고도 그 사랑을
잘 모르고 있습니다

값없이 주신 사랑
영원히 잊지 않고 가슴에 품고 간다면
행복하고 좋으련만 그 사랑 잘 간직하지 못하고
고난에 연단을 받습니다

그때마다 주님은 손을 내밀어
우리를 잘 붙들어 주셨고 행여나 잘못된 길로
가지 않으려나 항상 바른길로
인도하십니다

주님은 우릴 사랑하시는데
그동안 주님을 잘 모시지 못하고 지냈습니다
주님 사랑은 주님이 기뻐하는 일만
골라 해드리는 것입니다

주님께서 사랑하십니다

목사님의 말씀과 찬양은 양들을 부르는
예수님의 음성 같아서 주님은 목사님에게 성령의
두루마기를 입히시고 기름을 부어 주시어
사용하고 계십니다

또한 주님께선 예전부터
이 땅에 양들을 위해 목사님을 부르셔서
험한 가시밭길 잔가시를 일일이 쳐내시게 하시고
성전을 위해 기도하게 하십니다

그동안 광야에서 이스라엘 백성이
수많은 연단을 받아 떠돌던 때는 끝나고
가나안 땅을 밟듯 목사님은 성도들을
축복의 성전으로 인도하십니다

항상 미소가 떠나시지 않는 목사님은
주님께서 사랑하는 종이라 그 누구도 해할 자 없고
영혼이 깨어있는 목사님은 예수님의 사랑을
세상에 멀리 전하고 계십니다

* 김영도 담임목사님

주일학교 선생님

난 유치부 총각 선생님을 좋아했다
친구처럼 대해 주시고 나를
사랑해 주셨기 때문이다

어느 날 선생님 댁을 찾아갔는데
타 교회 목사님이 선생님을 보러오셨나보다
마당에서 보니 목사님 구두와
선생님 고무 신발이 놓여 있었다

그런데 선생님이 울고 계신다
목사님께서 마구 야단치며 울리시는 것 같다
목사님이 누구신데 우리 선생님을 울리시는지
나는 목사님을 말리려고 친구들을 데리고 왔다
그러나 밖에서 지켜볼 수밖에 없었다

선생님이 왜 야단을 맞으셨는지
훗날 커서 알게 되었는데
금요 통성 기도 시간이었다
"주여 주여" 회개 기도를 하고 있었나 보다

그땐 철없는 6세 아무것도 몰랐다
지금도 그때를 생각하며
주일학교 선생님들을 보면
모두 사랑스럽고 예수님 같아
얼마나 예쁜지 모르겠다

부목사님에게 정 주지 말라

부목사에게 정 주지 말라
정들고 떠나면 어쩌려고 그래
권사님이 말씀하신다
그러나 연로하신 담임 목사님을 보필하며
힘든 사역을 돕는 부목사님이 자랑스럽다

그가 전도사로 불광동에 부임해
얼마 전 목사 안수를 받았는데
내가 목회자가 된 것처럼 기뻤다
그런데 목회자가 얼마나 힘이 드는지
가시 면류관을 쓴 것처럼 아프게 보인다
그를 보면 나를 보는 것만 같아
괜스레 눈물이 난다

예전의 담임 목사님을 보면 알 수 있듯이
어렵게 개척하시던 주님의 사역에
사모님을 많이 울리시던 생각이 난다

목회를 도왔으면 좋으련만
시계추처럼 가방만 들고 힘없이 왔다 갔다 하는
내가 목사님의 눈물을 뺀 자가 아닌가 싶다

* 목회자 여러분을 사랑하며

주님 정말 죄송해요

나의 방에 예수님과
하나님의 초상화가 나란히 걸려 있다
그런데 노트와 펜을 들고 날 바라보는 하나님이
너무나 무서워 눈을 마주칠 수가 없었다

어느 날 멀리서 손님이 오셨는데
펜을 들고 있는 분이 누구냐고 묻는다
난 하나님이라 했는데
손님은 아니라고 하신다

난 초등학교 들어갈 때쯤
알게 되었는데 그분은 베토벤 선생님이었다
유치부 때부터 예수님 초상 옆에
늘 걸려 있는 분이라서 당연하게
하나님이신 줄 알았다

죄송한 마음을 뒤늦게나마
우리 주님 또 베토벤 선생님께 말하고 싶다
순진한 나를 용서해달라고

할렐루야 주일 찬양

백합꽃 향기로 가득한 성전
지휘자의 가냘픈 지휘봉은 성가대와
오케스트라에 메시지를 전하고
높은 파이프 오르간과 함께
웅장하고 부드러운 하모니를 선보인다

건반 위에 요정처럼 춤추는
피아니스트의 손길은 은쟁반 위에 옥구슬이
굴러가듯 맑은 음색을 자랑하고
마이크를 잡은 솔리스트
목청을 감미롭게 높인다

그리고 현악기 중 바이올린 비올라 첼로가
앙상블이 되어 멋진 연주가 시작될 땐
찬양대의 합창은 환상적으로 이어지고
성전은 주님이 오신 것 같다

현란한 팀파니는 오선지 음표를 따라
성도들에 가슴을 두드리고 선율이 잔잔한
오보에 플루트 연주를 듣고 있노라면
숲속의 새소리와 시냇물이 졸졸 흐르는
영롱한 자연의 소리가 들려오는 듯하다

매 주일 성전 로열석에서
주님을 만나보니 한없는 감사가 나오고
말씀을 선포할 목사님도 찬양을 함께하시니
성도님들은 브라보를 외칠 정도로 아멘과
박수로 화답한다

끝없는 기도

권사님 오늘 기도 제목이 무엇이었나요
땀방울이 떨어지도록 떠나지 않으시고
날마다 깊은 기도를 하고 계십니다

우리도 기도하길 힘쓰고 있지만
기도의 불씨가 꺼지지 않는 것은
권사님들의 끊임없는 중보 기도가
뒷받침되고 있다는 것입니다

권사님 같은 뜨거운 분이 있어
교회는 성령 충만하고 성도가 기도 제목을 가지고
교회로 나오는 것도 세상보다 주님의 집이
좋다는 게 아니겠습니까

다들 적당하게 기도하고 마치는데
권사님 기노는 끝날 줄 모르고 늘
그 자리를 지키며 기도하고 있습니다

* 마오님 권사님을 보며

축복의 땅 지구에서

주님 오늘도
꿀맛 같은 말씀에 이 하루가 즐겁고
눈에 넣어도 아프지 않을 나의 반쪽
사랑하는 사람을 보내주심을 감사합니다

또한 이 아름다운 별
지구까지 주셔서 살아
숨 쉴 수 있음이 축복이고
당신께 얼마나 감사한지 모릅니다

우주엔 많은 별이 있다지만
마실 물과 공기도 없고 생물체가 없는 별은
너무 차가워 얼어 죽거나
너무 뜨거워 타 죽는다고 하는데
내가 사는 지구는 이토록 살기 좋은지
천국이 따로 있겠습니까

이젠 바랄 것 없는 세상이지만
그러나 주님께 부탁이 있다면
이 아름다운 별 지구에 내가 없더라도
후세들에게 곱게 돌려드리고 싶습니다

주님 지구를 꼭 지켜주시고 그들을 사랑하시어
당신의 나라에 영원토록 머물게 하옵소서

나는 속이 좁습니다

주님 내가 무엇에 붙들렸나요
그 많은 험난한 일들을 다 이겨내고도
작은 일 하나에 마음을 다쳐 시험받고
영혼이 곱지 못하니 웬일입니까

어제 친구와의 일이 뭐 대단한 일이라고
잠까지 설치며 가슴을 앓고 있으니
속 좁은 마음을 어떻게 다스릴 수 있을까요

부족한 자신 성전에서 부르짖는 기도로
마음을 달래 보지만 기도는 잘되지 않고
그 친구가 자꾸 떠오릅니다

그러나 내게 임한 성령이
그 아픔을 아시고 다하지 못한 기도를
대신하고 계시니 난 다시 깨어납니다

천국 가는 길목까지

천국이 따로 있으랴
지금 이 시간 살아 숨 쉬는 나의 삶이
축복이고 천국인데 세상 살아가는 동안
천국 가는 길목까지 감사하는 마음을
어찌 잊을 수 있으랴

주님 허락하신다면
천국 문을 들어가는 것도
기도 중에 간절한 소망인데
지금 살아가는 동안 천국과도 같은 세상을
미리 살다 가니 내 어이
기쁘지 않으리오

천국과 지옥은 자기 스스로 간다

예수를 믿으면
모두 천국에 가는 것은 아니다
믿음 생활이 오래되었고 아무리
열심히 기도했다 해도
그 행함이 아름답지 못했다면
성경 말씀대로 천국의 문은
들어가기가 어려울 것이다

또한 자신의 믿음 생활에
천국과 지옥을 갈 자인가 아닌가는
내 삶에 드러나듯 이미 정해져
누가 말하지 않아도
자신의 영혼이 더 잘 알고
천국과 지옥은 때가 되면
스스로 찾아갈 것이다

당신을 사랑합니다

당신을 생각할 때마다 왜 눈물이 날까요
세상 살아가는 동안 당신을 알고부터
난 아이 때보다 더 많이 울고 있으니
어쩝답니까

삶이 힘들 때 당신께 매달려
눈물을 펑펑 쏟기도 했지만
지금은 이토록 기쁜데
왜 당신 앞에서 눈물을 떨궈야 하는지
그 이유를 알 수가 없습니다

난 정말 못난이 울보인가 봅니다
당신은 한없는 사랑으로
날 품으시고 영혼을 거듭나게 하시니
당신은 사랑입니다

오늘도 당신이 있어 난 존재하고
당신을 떠나선 물가에 내놓은 아이처럼
바깥세상에서 한시도 못 살 것 같아
원하신다면 당신 품 안에서 영원히
머물게 하소서

올바른 기도를 위해

대가를 바라는 기도로 주님의 맘을
움직여 이용하고자 하는 것은 잘못된 신앙이다
내게 소중한 것을 얻으려고 흥정하는 기도는
교만한 마음에 주님의 영광만 가릴 뿐이다

지금까지 나의 이익을 위해 기도를
쌓고 있었다면 용서와 자비를 구해
올바른 믿음을 가져야 한다
그저 주시옵소서 맹목적인 기도 또한
잘 들어 주시지 않기에 주님과의 소통은
이루어지지 않는다

기도는 인격적인 주님과의 만남이기에
잘못된 믿음은 깨달을 줄도 알아야 하고
죄가 있다면 늦기 전에 죄를 회개하고
돌아설 수 있어야 사망의 권세에서 벗어나
주님을 만날 수 있다

기도는 나보다도 하나님의 영광을
먼저 드러내는 것이므로 그 의를 행한 자만이
주님과 영적 교제가 잠자리에도 탯줄처럼
끊어지지 않을 것이다

세상에 지나치게 빠지지 마라

세상을 말세라 하지 말라
세상이 나를 보는 눈에도 그럴 수 있고
나 자신도 예외는 아니니까

예전엔 이 나라 이 민족이
믿음이 뜨거웠는데 요즘은 왜 이런가
책망할 수는 있으나 나의 믿음도
그만큼 처져 있을 수 있다

주님을 따라가는 자는
기도하는 형제들을 자주 볼 것이나
믿음이 떠난 자는 예수님이 지금
나의 앞을 지나가도 알지 못할 것이기에
나 자신이 어디에 서 있는지 생각해야 한다

영혼이 아름답기를 원한다면
주님의 시간을 비워 놓고
세상의 많은 프로그램을 짜지 말라
마음을 빼앗겨 주님의 말씀이 떠나간다

주님과 함께하는 삶은 기도와 말씀이
끝없이 떠오르고 말세에도 믿음 안에서
아름다운 세상을 바라볼 것이다

이단에 빠진 자는

예수를 믿던 자가 사탄의 사주를 받아
양의 가면을 쓰고 교회에 출입하는 것은
예수를 팔아넘긴 자와 같이
그 어떤 자보다 죄가 중하리라

요즘 들어 이 땅에 이단들이 설치지만
그러나 신은 오직 주 여호와 한 분이시니
이단은 한 세기도 되지 않아
바람결에 날아가는 잔 겨와 같이
곧 심판받을 것이다

또한 누구의 허락을 받고
잘못된 성경 교리를 내세워
어린양들을 지옥불에 빠뜨리느냐
계시록을 너의 마음대로 해석하지 말라

네 교주 이름을
성경에 섞지도 말고 팔지도 말라
이단이 성경을 들고 마음을 포장해도
그자에게서는 악취가 날 것이다

이단을 섬긴 자는 적그리스도로서
악한 영에 사로잡혀 지옥불에 던져지지만
주님이 용서할 기회를 준다면
더 늦기 전에 죄를 회개하고
주님 품에 안겨야 할 것이다

성전을 떠나지 말자

주님의 자녀는 누구나 한 형제요 자매이다
그러므로 형제들과는 등지는 일은 없어야 한다
형제자매는 누구나 높고 낮음이 없는
갈급한 심정으로 주님을 찾아왔기에
누가 뭐라 해도 주님의 집을 떠나선 안 된다

지금 섬기는 교회에서 형제자매들과
사이가 원만치 않은 것은
자신의 믿음에도 문제가 있을 수 있다
이런 신앙을 가지고 다른 교회를 가도
또 나를 미워하는 자가 기다릴 것이기에
잘못이 있다면 회개와 용서를 구해야 한다

형제들과 상처가 아무리 깊고 아파도
참고 견디면 훗날 꼭 필요한
주님의 사람이 될 것이다
자기 생각대로 교회를 자주 옮기는 것은
쇼핑하듯 마음을 사고파는 집시 신앙이라
주님만 바라보며 믿음을 지키자

기도는 주님께서 주신 선물

주님은 우리에게 항상 기도하라 하시는데
환난이 다가올 때까지 기도하지 않으니
작은 일에 잘 넘어져 연단을 받는다

기도하지 않은 자는 환난이 올 때마다
주님을 의지하지 않고 인간을 찾아다니며
문제를 해결하려고 하나
만족하지 못해 낙심하고 만다

고난이 찾아올 때마다 자신을 원망하며
나에게만 자주 찾아오는 고난이라 하는데
앞을 내다보지 못한 나에게
주님께서 기도하라는 메시지인 만큼
좌절치 말고 깨어 기도해야 한다

세상 친구들은 행복하게 지내는 것 같아도
가정에 문젯거리는 알게 모르게 있을 것이다
기도로 깨어있는 자는 어떠한 환난이 다가와도
잘 이겨낼 수 있으며 환난과 고난이 찾아와도
얼마 있지 않아 떠나갈 것이다

그렇듯 기도는 주님께서
우리 인간에게는 준 가장 큰 선물이기에
늘 깨어 기도하며 감사해야 한다

그리스도의 본분을 지키자

예배당을 나올 때는
한 주일 동안 찌든 때를
깨끗이 씻고 몸과 마음이 단정할수록
주님께선 기뻐하시고 축복하실 것이다

누구든 믿음을 쌓아갈수록
주일이 명절보다 더 즐겁고
아내와 아이들 손을 잡고 예배당에 나가는 게
인생에 최대의 축복이고 기쁨이 될 수 있다

주님의 자녀는 영육에
좋지 않은 음식을 피하는 게 좋겠고
담배나 술은 아편과 같기에 버릴 것은
말씀으로 끊어 버리고 몸을 아끼어
주일날 맑은 영혼으로 예배드릴 수 있음이
은혜롭다

또한 성전에서 우리의 모습은
진한 화장보다 현모양처처럼 은은해야 곱고
빨강 손톱에 펄럭이는 짧은 치마는
아무리 아름답다 해도
주님 보시기에 부끄러울 뿐이기에
옷은 그리스도식으로 입자

그러나 믿음 생활을 할 만큼 했는데도
세상에 물들어 경건치 못하고
성전에서 껌과 구두 소리가 똑딱대며
매사에 성가시게 한다면
보고 듣는 성도들에게 눈총을 받고
영적 거부감만 느끼게 할 뿐이다

아무리 모태 신앙에 천사와 같은
모습일지라도 나약한 형제를 멀리하거나
설교 시간마다 코를 골거나 엉뚱한 생각만 하고
가정에선 사악한 엄마 아빠로 변한다면
믿음 생활을 다시 시작해야 할 것이다

예수를 따르는 동이

친구 동이가 전도 물품을 사기 위해
롯데마트 가던 중 지하도에서
에스컬레이터 타고 올라가는 반대쪽 여성분을
그 짧은 시간에 전도한다

"아주머니 예수 믿으세요" 그런데 동이는
에스컬레이터에 발을 헛디뎌 굴러떨어지며
케리카와 함께 뒤로 처박혀 내려가는 바람에
그 누구의 손길도 닿지 않았다

"아주머니 저 좀 도와주세요"
아주머니는 뒤를 돌아보고 계속 움직이는
에스컬레이터에서 도와줄 수 없는 형편이었기에
끝까지 가서야 일어났으나 멍투성이가 되었다
그 아주머니는 자기 구원을 위해
넘어진 사실을 알고 교회에 나오기로 약속했다

누가 그 힘든 십자가를 질 수 있을까
여러 번 바울처럼 몸을 아끼지 않고
전도사역을 20년 동안 감당하는 것을 보면
여장부도 그런 여장부가 없다

* 전도부 조동이 권사님

134

패션 오브 크라이스트

오랜만에 영화 한 편을 보려고
동네 월드컵 CGV를 찾았는데 새로운 시네마에
정말 분위기 좋았다

영화는 상영되는데
슬펐는지 아가씨 수녀님이 흐느끼며 울고 있다
아니 여기저기 나도 같이 울고 있다

사내가 소리 내어 울 순 없기에
참아 보지만 감정 조절이 되질 않아
가슴을 잡고 있으니 어쩜 좋을까
영화는 2시간 만에 막을 내렸는데
안경은 얼룩지고 모습은 말이 아니다

극장 화장실을 찾았는데
세면대에 남자분들이 줄을 길게 서 있다
영화를 보며 울었던지 얼굴을 씻으려고
온 것 같다

감명 깊었던 《패션 오브 크라이스트》
예수님이 십자가에 고난을 받으셨던 그 모습이
지금도 잊혀지지 않는다

인천 의료선교 교육을 받으며

그동안 말씀을 받들고 많은 의료진과
성직자들이 선교지로 기도와 교육을 갔습니다
섬김 사역 잘 감당할 수 있도록 도와주소서

또한 세상 것 마다하고 바쁜 삶 중에
형제자매님들 힘을 합해
의료선교에 헌신하고자 하오니
아름다운 열매 맺게 하시옵소서

예전 해외 선교에 은총이 넘칠 때처럼
건강한 몸으로 사역 잘 마치고 돌아오도록
보호해주셔서 승전가를 부르며
주님께 그 영광 돌리게 하옵소서

현지 선교지는 아직 연약한 문명의
불모지로 사랑의 손길이 필요하오니
불쌍한 영혼들을 구원하여 주시옵소서
한 영혼이든 두 영혼이든
주님께 돌아올 백성을
기쁨으로 받아 축복하소서

그동안 의료선교회는 의술로 치료했으나
모든 치유는 주님이라 하셨으니
이 놀라운 은총에
감사를 드립니다

유럽 전도를 떠나자

사랑하는 형제여
우리 모두 유럽전도 여행을 떠나자
믿음의 불씨가 꺼져 예배당이 몽땅
술집으로 바뀌고 무슬림 사원으로 바뀐
유럽을 보면 눈물이 난다

그들이 먼저 주님을 알고
이 민족을 전도했는데 이젠
서서히 저물어가는구나
신앙생활과 멀어진 유럽인을 구원받게 해 보자
전도하지 않고 그들을 보며 비웃는 것은
교만 중의 교만이다

미지의 아프리카보다 어두운
등잔불 밑이 바로 유럽이다
뻔히 보이는 유럽을 보며
피해 가는 것은 불순종하며
다시스로 가는 요나와 다를 바 없다
영혼이 죽어 가는 유럽인들을 위해 기도하며
전도해 보자

그 누가 보면 우리가 교만하다 해도
타락해 가는 그들을 보며
전도하지 않는 게 더 교만이다
어느 때부턴가 교회 종과 십자가가 없어지더니
술집으로 변해 버린 유럽 예배당을 보면
우리도 그렇게 되지 않으리란 법은
없기에 우리는 늘 깨어
기도해야 한다

* 유럽 교회를 돌아보며

가버나움 성지에서

나는 요르단 느보산에서
버스를 타고 약속의 땅 이스라엘에 들어갔다

호텔에 여정을 풀고 다음 날
새벽 예배를 드리고자 밖에 나왔지만
교회는 없고 해서 갈릴리 호수에서
기도드리고 하루를 준비했다

그렇게 아랍과 이스라엘 주변의
위험이 따랐는데 갈릴리 아침은
너무 평온했다

갈릴리의 아침 배를 타고
가버나움으로 향하게 되었는데
언덕 위에 많은 샤론의 꽃이 피어
날 반겨 주고 있었다
나는 가버나움을 걸으며 예수님의 사역지를
하나하나 찾아 나섰다

이곳은 예수님이 병자를 고치시고
떡과 생선으로 많은 기적을 행하신 곳이다
이 길은 분명 사랑하는 예수님이 걸어가셨겠지
생각하니 한량없는 기쁨이 젖어 들고
가슴에 눈물이 흐른다

* 2004년 1월 성지순례

요셉과 같은 당신

험난한 삶을 바로 잡아가며
주님 한 분이면 족하다던 당신
십여 년을 원을 그려가듯
성전에 울타리가 되어 준 당신은
애굽의 요셉과 같습니다

교회에 많은 사역에 어려움을 겪으면서도
끝까지 순종하며 교회에 왼팔 오른팔이 되어
오늘날까지 지켜온 것이
주님의 영광된 사역이었습니다

프로그램 진행력과 유머 감각이 뛰어난 당신은
친교를 높이며 신혼부부들을 가까이함으로
성전에 모퉁이 돌로 거듭나게 해주니 성전은
건강하고 은혜가 넘칩니다

당신의 가족 모두가 전도의 사역이라
주민과 함께하며 자녀들 학부모들을 전도함으로
초등부가 부흥해 교회가 소망으로 가득합니다

또한 당신은 힘든 성도들과
일일이 교제하며 성전 안팎살림을 두루 살피니
요셉과 같이 사역은 빛이 납니다

* 김남희 목사님

주님과 약속한 날이 오면

주님 나는 내출혈로 몸이 좋지 않아
침대를 가까이하게 되고 조금만 늦잠을 자면
아내는 내가 천국에 갔나 싶어 나의 방문을
살짝 열어 봅니다

요즘 들어 얼굴에 주름을 펴고
자세를 바로 잡고 싶어도 몸이 따르질 않으니
이제 주님을 만나 뵐 시간이 돼가나 봅니다

아픈 데가 한두 군데여야지
치료하고 일어설 수 있겠는데
눈만 뜨면 손볼 데가 점차 늘어나니
어떻게 해 볼 도리가 없어
모든 걸 포기하는 게 낫습니다

그동안 주님과 삶을 함께 살고
천국과 같은 세상을 살다 가니
세상 미련 없고 가진 게 없었어도
재물로 인한 어려움은 없이
그동안 주님께 감사했습니다